♥ 추천 · 감수 **이 어 령**

1934년 충청남도 아산에서 태어났습니다. 서울대학교에서 국문학을 전공하고, 스물다섯 살에 작가가 되었습니다. 40년 넘게 대학에서 학생들을 가르쳤고, 여러 신문사 논설위원과 초대 문화부 장관을 지냈습니다. 지은 책으로 〈생각에 날개를 달자〉, 〈축소 지향의 일본인〉, 〈매화〉, 〈이어령 라이브러리〉 등이 있습니다.

♥ 엮음 **김 연**

대구에서 태어나 오랫동안 시를 썼고, 대학원에서 현대 소설을 전공했습니다. 문예지 기자와 출판사 주간을 거쳐 지금은 좋은 책을 기획, 집필하고 있습니다. 지은 책으로 〈조선왕조실록〉, 〈작업복을 입고 노벨상을 탄 아저씨〉 등이 있고, 엮은 책으로 〈다시 읽는 우리 문학〉 시리즈와 〈위풍당당 삼국지〉 등이 있습니다.

♥ 그림 **전 혜 원**

서울여자대학교 서양화과를 졸업했으며, 지금은 세종대학교 미술교육대학원에서 공부하고 있습니다. '선비행기' 등 회화 작업 그룹전을 통해 회화 작업과 그림책 작업을 하고 있습니다. 그린 책으로 〈고양이를 그린 소년〉, 〈함께하는 지구촌 세상〉, 〈파스퇴르〉, 〈탈무드〉 등이 있습니다.

이 책의 표지는 일반 용지보다 1.5배 이상 고가의 고급 용지인 드라이보드지를 사용해 제작하였습니다. 표지를 드라이보드지로 제작하면 습기의 영향을 덜 받기 때문에 본문 용지가 잘 울지 않고, 모양이 뒤틀리지 않아 책을 오랫동안 보존할 수 있습니다.

이 책은 기존의 석유 잉크 대신 친환경 식물성 원료인 대두유 잉크를 사용하여 인쇄하였습니다. 대두유 잉크는 선진국에서 널리 사용하고 있는 고가의 대체 잉크로, 휘발성이 적어 인쇄 상태의 보존이 용이하고, 인체에 무해할 뿐만 아니라 눈에 부담을 주지 않는 자연스러운 색을 내는 특징이 있습니다.

메리 크리스마스!

생각통통 명작문학 ⑲
크리스마스 캐럴

총기획 및 발행인 박연환 **발행처** (주)한국헤르만헤세 **출판신고** 제17-354호
주소 서울특별시 송파구 석촌동 7-3 **대표전화** (02)470-7722 **팩스** (02)470-8338
연구개발원
주소 경기도 성남시 분당구 금곡동 444-148
대표전화 (031)715-7722 **팩스** (031)786-1100 **고객문의** 080-715-7722
편집 김양미, 김범현 **디자인** 조수진, 우지영, 성지현, 한지희

www.hermannhesse-book.co.kr

생각통통 **명작문학** 감동을 전해 주는 이야기

크리스마스 캐럴

찰스 디킨스 지음 | 김연 엮음 | 전혜원 그림

작품추천 | 한국간행물윤리위원회 권장도서,
'책으로 따뜻한 세상 만드는 교사들' 추천도서

한국헤르만헤세

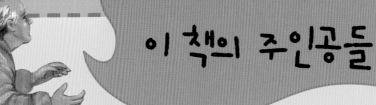

이 책의 주인공들

A Christmas Carol

스크루지

인정머리라곤 눈곱만큼도 없는 구두쇠 영감이에요. 돈을 모을 줄만 알았지 남을 위해 베풀 줄 모르는 인색한 사람이지요. 크리스마스 전날 밤에 과거, 현재, 미래의 크리스마스 유령을 만난 뒤부터 완전히 새로운 사람으로 태어납니다.

프레드

몸이 약해 일찍 죽은 스크루지 여동생의 아들이에요. 가난하지만 마음씨가 착해서 언제나 남에게 베풀려고 노력하지요. 외삼촌인 스크루지와 가깝게 지내고 싶어하지만, 여간해서 마음을 열지 않는 스크루지 때문에 안타까워합니다.

보브

스크루지 사무실에서 시무원으로 일하고 있어요. 적은 봉급으로 가정을 꾸려 나가지만 봉급을 올려 달라는 말도 못하고 인색한 스크루지의 눈치만 살피지요. 아내와 자식을 사랑하고 가정에 충실한, 자상한 아버지랍니다.

말리

살아생전 스크루지의 동업자로서 스크루지만큼이나 인색했던 사람이에요. 쇠사슬을 온몸에 친친 감은 유령이 되어 나타나지요. 스크루지에게 앞으로 세 크리스마스 유령이 찾아올 테니 새 삶을 살 기회를 잡으라고 충고합니다.

과거의 크리스마스 유령

스크루지를 과거로 데려갑니다. 스크루지가 어린 시절에 살았던 마을에 가서 친구와 학교 등을 보여 주고, 젊은 시절 일하던 가게와 옛 애인을 통해 순수한 청년이 어떻게 탐욕스럽게 되는지 보여 주지요.

현재의 크리스마스 유령

스크루지를 사무원 보브와 조카 프레드의 집으로 데려갑니다. 보브의 가족이나 프레드의 집에 모인 사람들은 처음에는 스크루지를 비웃지만, 나중에는 스크루지를 위해 간절한 기도를 올리지요.

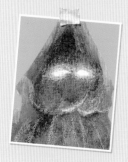

미래의 크리스마스 유령

스크루지에게 어느 누구도 동정하지도, 슬퍼하지도 않는 한 노인의 죽음을 보여 줍니다. 그가 누구일까 궁금해하던 스크루지는 공동묘지에 가서야 그가 바로 자신이라는 사실을 알고 큰 충격을 받습니다.

이 책을 읽기 전에

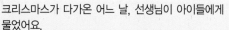

크리스마스가 다가온 어느 날, 선생님이 아이들에게 물었어요.

'크리스마스' 하면 무엇이 가장 먼저 떠오르나요?

크리스마스 선물이요!

아기 예수님이요!

수준이 안 맞네.

넌 뭐가 떠오르는데?

크리스마스 하면 뭐니 뭐니 해도 '캐럴'이 생각나야 하는 거야.

완전 음치야!

선생님은 스크루지가 떠올라요.

스크루지? 스컹크랑 비슷한 건가?

스크루지랑 크리스마스가 뭔 상관이람?

스크루지는 찰스 디킨스의 소설 〈크리스마스 캐럴〉에 나오는 지독한 구두쇠 영감이에요.

스크루지는 크리스마스를 맞아 변하는데, 어떻게 변했을까요?

돈이 최고야!

크리스마스 캐럴

산타 할아버지로 변하나?

착한 사람이 됐을 것 같아.

그거야 얼른 책장을 넘겨 보면 알지, 히히.

생각통통 **명작문학** 19

크리스마스 캐럴

10 크리스마스이브

24 과거의 크리스마스 유령

42 현재의 크리스마스 유령

58 미래의 크리스마스 유령

69 다시 태어난 스크루지

크리스마스이브

말리가 죽은 지 7년이 지났어요.
말리는 스크루지의 오랜 친구이자 동업자였어요.
말리의 장례식에 참석한 사람은 스크루지뿐이었어요.
그는 말리의 재산을 물려받고, 그것을 관리할 책임도 지게 되었어요.
그런데도 말리의 죽음을 슬퍼하기는커녕 돈이 아까워
장례도 대충 치렀답니다.
'스크루지와 말리 상회' 라는 가게의 간판도 그냥 썼어요.
손님이 그를 스크루지라고 불러도 대답했고, 말리라고 불러도
대답했지요.
스크루지는 그런 사람이었어요.
인정머리라고는 눈곱만큼도 없는 데다 지독한 구두쇠였지요.
남을 사귀지도 않았고, 다른 사람들도 그에게 말을 안 걸었어요.
심지어 거지도 그에게는 동정을 바라지 않았으며,
개들조차 그를 보면 꽁무니를 뺄 정도였지요.
스크루지는 오로지 돈을 모으고 아끼는 일밖에 관심이 없었어요.
크리스마스이브인 오늘도 스크루지 영감은 일을 하고 있었어요.
날씨는 살을 에는 듯했고, 안개가 자욱하게 끼어 오후 3시인데도
벌써 어둑어둑했어요.
그래도 스크루지는 불을 켤 생각조차 하지 않았어요.

스크루지는 일을 하는 중간중간 열린 문을 통해 사무원 보브
크래치트를 힐끔힐끔 바라보았어요.

사무실 문은 굳게 닫았지만, 자기 방의 문은 보브를 감시하려고
일부러 열어 둔 것이었지요.

보브는 창고 같은 방에서 서류를 만지고 있었어요.

실내가 썰렁하기는 마찬가지였지만, 보브의 방은 아예 온기조차 느낄
수 없을 만큼 얼음장처럼 차가웠어요.

그런데도 보브는 난로를 피울 수 없었어요.

스크루지가 어지간해서 석탄 상자를 내주지 않았거든요.

보브는 목도리를 두르고 이따금 언 손에 입김을 호호 불었어요.

그때 명랑한 목소리가 들려왔어요.

"메리 크리스마스! 외삼촌, 기쁜 성탄을 축하합니다!"

스크루지의 조카 프레드가 뛰어 들어오며 외쳤어요.

스크루지가 퉁명스럽게 대꾸했어요.

"뭐라고? 시시한 소리 집어치워!"

프레드는 찬바람 속을 달려와서 얼굴이 빨갛게 얼었고, 말을 할
때마다 뽀얀 입김이 새어 나왔어요.

"크리스마스가 시시하다고요? 정말 그렇게 생각하시는 건 아니죠?"

"도대체 네가 크리스마스를 축하할 까닭이 어디 있느냐, 이 말이야.
돈도 없으면서……."

"물론 돈은 없어요. 그렇다고 외삼촌처럼 시무룩하게 지낼 필요는
없다고 생각해요."

스크루지는 콧방귀를 뀌었어요.

"흥, 네가 크리스마스가 어떤 날인지 알기나 해? 돈은 없는데 세금은
내야지, 일 년간 죽어라 일만 해도 동전 한 푼 저축 못하는 신세를
한탄하는 날이 크리스마스다, 이거야! 난 크리스마스를 축하한다고
돌아다니는 놈들을 보면 한심해!"

프레드가 무슨 말을 하려 했지만 스크루지가 먼저 입을 열었어요.

"넌 너대로 크리스마스를 축하해, 난 나대로 축하할 테니까."

프레드는 고개를 갸웃했어요.

"외삼촌 혼자서 크리스마스를 축하하신다고요? 전 크리스마스라고

해서 외삼촌이 특별하게 지내시는 것을 본 적이 없는데……."

"난 크리스마스를 특별하게 생각하지 않아. 그렇게 호들갑을 떠는 걸
보니 넌 크리스마스 덕을 톡톡히 본 모양이구나?"

스크루지가 빈정거리자, 프레드가 말했어요.

"외삼촌, 크리스마스는 무슨 덕을 보려는 날이 아니에요.
저는 다만 다른 사람들에게 친절을 베풀고, 불쌍하고 가난한
사람들을 도와주는 날이 크리스마스라고 생각해요."

그때 옆방에 있던 보브가 갑자기 박수를 쳤어요.

하지만 곧 잘못 끼어들었다는 걸 깨닫고 고개를 숙였어요.

스크루지는 보브에게도 화를 냈어요.

"또 한 번 박수를 쳐 보시지? 그땐 당장 내쫓을 테니까."

"외삼촌, 화내지 마시고 내일은 꼭 저희 집 만찬에 참석하세요."

"내가 왜 너희 집에 가니? 네가 결혼할 때 나하고 의논이라도 했어?
제멋대로 결혼해 놓고 이제 와서 집에 오라고? 안 가, 못 가!"

프레드는 금세 풀 죽은 목소리가 되었어요.

"그럼 할 수 없죠. 언제쯤 외삼촌과 사이좋게 지낼 수 있을까요?"

스크루지는 여전히 매몰차게 잘라 말했어요.

"그런 건 아무래도 좋아. 당장 돌아가!"

"외삼촌이 이렇게 고집을 부리실 줄 몰랐어요. 섭섭해요. 저는
크리스마스라서 혹시나 하고 왔는데…… 하지만 외삼촌이 오실
때까지 기다릴게요. 그럼 즐거운 크리스마스와 새해를 맞으세요."

"글쎄, 시끄러워! 빨리 돌아가!"

프레드는 떠밀리듯 나가면서 보브에게 인사를 했어요.

"메리 크리스마스!"

보브도 환한 얼굴로 축하 인사를 건넸어요.

스크루지는 아니꼽다는 투로 중얼거렸어요.

"쳇! 멍청한 녀석이 또 하나 있군! 먹고살기도 빠듯한 가난뱅이
주제에 크리스마스가 다 뭐야?"

프레드가 돌아가고 난 얼마 뒤 풍채 좋은 두 신사가 찾아왔어요.

"여기가 스크루지와 말리 상회, 맞지요?"

"말리는 오래전에 죽었소. 7년 전 바로 오늘 저녁에 말이오."

한 신사가 안됐다는 듯 고개를 끄덕이고는 서류를 내밀었어요.

"기부금 신청서입니다. 런던만 해도 고아가 수천 명이나 되고,
의지할 데 없는 노인들도 수없이 많지요."

"아니, 고아원이나 양로원이 모두 없어지기라도 했소?"

"아닙니다. 하지만 그런 사업만으로 가난하고 불쌍한 사람들을
돕기는 부족합니다. 더군다나 내일은 크리스마스 아닙니까?
따뜻한 마음으로 도와주십시오. 기부금을 얼마나 내시겠습니까?"

"아무것도 쓰지 마시오."

"아니, 겸손하게 익명으로 하시겠다는 말씀입니까?"

스크루지는 고개를 절레절레 흔들었어요.

"그게 아니라 나는 빼 주었으면 좋겠다는 말이오.
나는 크리스마스 따위는 축하하지 않는 사람이오."

두 신사는 더 이야기해도 소용없다는 것을 깨닫고 돌아갔어요.

얼마 후, 추위에 꽁꽁 언 꼬마가 사무실 문 앞에서 캐럴을 불렀어요.
스크루지는 험상궂은 얼굴로 아이를 쫓아 버렸지요.

이윽고 퇴근 시간이 되자, 스크루지는 아까부터 초조하게 시계를
힐끔거리는 보브에게 다가가 불쑥 말했어요.

"자네도 내일은 쉬고 싶겠지?"

"예, 허락만 해 주신다면……."

"알았어! 그 대신 내일 품삯은 없어. 일도 안 하는데 돈을 줄 수는
없잖아? 내일 딱 하루만 쉬어. 대신 모레는 새벽같이 출근해야 해."

보브는 마지못해 그러겠다고 약속했어요.

스크루지는 여느 때처럼 단골 식당으로 가서 혼자 저녁을 먹었어요.
그러고는 주머니에서 예금 통장을 꺼내 보며 무료함을 달래다가
집으로 돌아갔어요.
스크루지는 말리가 소유했던 독신자 아파트에서 살았어요.
그 건물은 워낙 낡고 침침해 스크루지 말고는 아무도 살지 않았고,
다른 방들은 모두 사무실로 세를 주었어요.
스크루지는 현관문을 열려고 열쇠 구멍에 열쇠를 집어넣었어요.
그때 갑자기 손잡이가 말리의 얼굴로 변했어요.
누런 얼굴에 머리카락을 흩날리는 모습이 영락없는 말리였지요.

그는 깜짝 놀라 뒷걸음질치며 손잡이를 바라보았어요.

그러자 곧 말리의 얼굴이 사라지고 손잡이가 나타났어요.

"휴! 허깨비를 본 거야."

스크루지는 문을 열고 들어가 촛불을 켰어요.

그러고는 사방을 둘러보고 문단속을 한 뒤 2층으로 올라갔어요.

그는 방마다 돌아다니며 이상이 없는지 확인했어요.

그러고 나서 자기 방으로 들어가 의자와 탁자 밑, 벽난로 시렁 등
구석구석 살폈어요.

스크루지는 잠옷으로 갈아입고 슬리퍼를 신은 다음 죽이나 한술
뜨려고 난롯가로 다가갔어요.

난로에는 불씨가 조금밖에 없어서 온기라곤 없었어요.

스크루지는 방 안을 서성거리다가 의자에 털썩 주저앉았어요.

그때 놀라운 일이 일어났어요.

"뎅뎅뎅……."

벽에 매달린 종이 울리기 시작한 거예요.

건물의 맨 꼭대기 층에 있는 방과 연락하는 데 쓰였던 종이었어요.

종소리는 처음에는 나직하게 울리다가 점점 커져 나중에는
온 집 안의 모든 종이 한꺼번에 쾅쾅 울려 댔어요.

종들은 1분쯤 울리다가 갑자기 멈추었어요.

종소리가 멎자 이번에는 절그럭거리며 쇠사슬 끄는 소리가 들렸어요.

스크루지는 온몸에 소름이 돋았어요.

"유령이 나오기 전에 쇠사슬 끄는 소리가 들린다던데…… 설마?"

쇠사슬 끄는 소리는 점점 더 가까워졌어요.

스크루지는 짐짓 큰소리를 쳤어요.

"흥! 누가 유령 따위를 무서워할 줄 알고……."

그 순간 누군가 방문을 뚫고 불쑥 얼굴을 들이밀었어요.

그는 다름 아닌 말리였어요.

말리는 살아 있을 때의 모습 그대로 머리카락을 길게 늘어뜨리고,

온몸에 쇠사슬을 친친 감은 채 서 있었어요.

"아, 아니, 이게 어찌 된 일인가? 나한테 무슨 볼일이라도……?"

말리의 유령은 짧게 대답했어요.

"음, 볼일이 많지."

틀림없는 말리의 목소리였어요.

유령은 의자에 걸터앉았어요. 스크루지는 말리를 눈앞에 두고도

믿기지 않아 자신의 눈을 의심했어요.

"자넨 왜 나의 존재를 믿지 않고 자네의 눈을 의심하나?"

그 말과 동시에 그의 몸에서 쇠사슬 끌리는 무시무시한 소리가 나서

스크루지는 하마터면 뒤로 벌렁 나동그라질 뻔했어요.

"여보게, 왜 나를 괴롭히는가? 까닭은 모르지만 제발 용서해 주게."

"어리석은 녀석! 이제야 내가 허깨비가 아닌 줄 안 모양이군.

그래, 정말 나의 존재를 믿는가?"

"암, 믿지. 믿고말고. 그런데 온몸에 감은 쇠사슬은 뭔가?"

"이것은 살아 있을 때 내가 만든 고리들이지. 아마도 자네의 쇠사슬이

가장 무거울 거야!"

말리의 유령은 그냥 쇠사슬만 친친 감은 게 아니라, 그 쇠사슬에

돈궤, 열쇠, 자물쇠, 장부 등이 주렁주렁 매달려 있었어요.

유령은 목소리를 높여 말을 이었어요.

"살아생전 부질없는 욕심 때문에 자기 몸을 쇠사슬로 친친 휘감았던
불쌍한 죄인! 인생은 한 번 가면 그뿐이고, 후회는 아무리 빨리해도
늦는다는 것을 살았을 때는 미처 몰랐지."

스크루지는 무슨 말인지 몰라 눈을 크게 뜨며 물었어요.

"자네는 훌륭한 사업가였잖아?"

"사업? 사람을 사랑하는 일에 비하면 장사 따위는 아무것도 아니지.
이 세상에 사랑보다 중요한 일은 없다는 것을 더 일찍 깨달아야 했어.
잘 들어, 친구! 난 자네에게 나와 같은 운명을 피할 수 있는 기회와
희망이 있다는 것을 알려 주러 왔네."

"고맙군. 자넨 언제나 좋은 친구였지."

"앞으로 이곳에 세 명의 유령이 나타날 거야."

"그, 그게 자네가 말한 기회와 희망이란 말인가?
나는 유령 따위는 안 만나는 것이 희망인데……."

"그 유령의 말을 안 들으면 자네도 나와 같은 운명을 피할 수 없어.
첫 번째 유령은 새벽 1시를 알리는 종소리와 함께 나타날 거야.
그다음 날 밤 같은 시각에 두 번째 유령이 나타나고, 또 그다음 날 밤
자정에는 세 번째 유령이 나타날 거야. 이제 다시 나를 만날 일은
없을 걸세. 부디 내 말을 명심하게."

유령은 돌아서서 천천히 창문 쪽으로 걸어갔어요.

그러자 창문이 저절로 열리고, 유령은 어둠 속으로 사라졌어요.

과거의 크리스마스 유령

시계가 새벽 1시를 쳤어요.

그때 갑자기 방 안이 환해지면서

스크루지가 누워 있는 침대 커튼이 젖혀졌어요.

정말로 첫 번째 유령이 나타난 것이었지요.

"으악!"

스크루지는 비명을 질렀어요.

"다, 당신이 제 친구가 말한 그 유령입니까?"

"그렇다. 난 과거의 크리스마스 유령이다."

유령의 목소리는 뜻밖에도 부드럽고

조용했어요.

그러고 보니 유령의 모습도 특이했어요.

생김새는 분명 어린아이인데 어쩐지 노인처럼

보였어요. 머리카락은 늙은이처럼 하얗게

세었으나 주름살이라고는 없었어요.

"과, 과거의 크리스마스라면……?"

"옛날, 너의 과거 모습 말이다."

유령은 하얀 반소매의 긴 윗옷을 입고 허리에 빛나는 띠를 둘렀어요.

그가 팔을 들어 스크루지의 팔목을 덥석 잡았어요.

"자, 날 따라와! 너의 행복을 위해서, 네 마음을 바르게 고쳐 주려고 왔으니 나와 함께 가자."

"뭐, 뭐라고요? 전 살아 있는 사람이에요. 당신을 따라 창문 밖으로 나가면 떨어져 죽습니다."

유령의 손은 여자의 손처럼 부드러웠지만 뿌리칠 수가 없었어요.

유령은 덜덜 떠는 스크루지의 가슴에 손을 얹었어요.

"걱정 마, 죽이지는 않을 테니. 자, 이렇게 하면 절대로 안 떨어져."

그 말이 끝나자마자, 둘은 어느새 어느 시골길에 서 있었어요.

길 양쪽으로 밭이 있고 눈이 쌓여 있었지요.

날씨는 맑았지만 몹시 추운 겨울 한낮이었어요.

스크루지는 사방을 두리번거리다가 깜짝 놀라 소리를 질렀어요.

"앗! 여기는 내가 태어나서 자란 곳인데……. 그래, 내 고향이야!"

유령은 부드러운 눈길로 그를 바라보았어요.

"이 길을 기억하고 있겠지?"

"물론이죠. 눈을 감고라도 갈 수 있어요."

"그래? 그럼 함께 가 보자."

스크루지와 유령은 부지런히 길을 걸었어요.

모두 낯익은 풍경이었지요.

얼마를 걷자, 다리와 교회가 보이고, 강이 흐르는 시골 마을이
보였어요.
그때 털북숭이 조랑말 몇 마리가 아이들을 태우고 그들 쪽으로
왔어요. 조랑말을 탄 아이들은 마차를 타고 지나가는 아이들에게
"메리 크리스마스!" 하고 말을 걸고 손짓을 해 보이며 명랑하게
떠들어 댔어요.
그 모습을 물끄러미 바라보는 스크루지에게 유령이 말했어요.

"저건 모두 과거에 일어났던 일이야. 저 아이들은 우리가 안 보이지."
스크루지는 그 아이들의 이름을 하나하나 떠올리며 눈물을
글썽거렸어요.
유령이 말했어요.
"친구들에게 따돌림을 당한 외로운 아이가 학교에 남아 있군."
스크루지는 그 아이가 누군지 안다며 흐느껴
울었어요.

유령과 스크루지는 큰길을 벗어나서 골목길로 들어섰어요.

골목 끝에 붉은 벽돌로 지은 저택이 보였어요.

전에는 꽤 훌륭했는지 모르지만 지금은 황폐한 상태였어요.

그들은 집 안으로 들어가 복도를 지나쳐 뒤쪽의 방으로 갔어요.

어둡고 제법 길쭉한 방에 한 소년이 있었어요.

소년은 의자에 앉아 쓸쓸하게 책을 읽고 있었지요.

"아니, 저것은 어린 시절 내 모습인데……."

스크루지는 그 자리에 주저앉아 엉엉 울었어요.

잊고 지냈던 옛 기억들이 밀려와 가슴이 벅찼던 거예요.

그때 이상한 차림을 한 남자가 창밖에서 기웃거렸어요.

그는 허리에 도끼를 차고, 당나귀의 고삐를 잡고 서 있었어요.

스크루지는 자기도 모르게 소리쳤어요.

"앗, 알리바바예요! 〈아라비안 나이트〉에 나오는 알리바바요!

어린 시절 난 그 책을 무척 재미나게 읽었지요.

그런데 크리스마스에 그가 찾아와 얼마나 기뻤는지 몰라요."

스크루지의 놀라움은 계속되었어요.

"초록빛 앵무새도 있어요! 저 새는 로빈슨 크루소를 가여워했지요.

어라? 저 사람은 프라이데이로군요. 어이, 이봐!"

소리치던 스크루지는 또다시 엉엉 울었어요.

"왜 울지?"

"엊저녁 제 사무실 앞에서 크리스마스 캐럴을 부른 아이가 있었는데,

그냥 빈손으로 돌려보냈거든요. 그 일이 후회스러워서……."

유령은 처음으로 빙그레 웃었어요.

"자, 그럼 크리스마스 풍경을 하나 더 보도록 하지!"

말이 떨어지자마자 소년 스크루지는 점점 커졌고, 방도 아까보다 더

어둡고 지저분해졌어요. 한눈에 보아도 초라하기 그지없었지요.

좀 더 자란 스크루지는 어두운 얼굴로 방 안을 서성거렸어요.

그때 예쁘장한 소녀가 들어와 스크루지의 목에 매달렸어요.

"오빠, 나와 함께 집으로 가. 오빠를 데리러 왔어."

"집에 가자고?"

"그래, 아빠도 전보다 훨씬 좋아지셨고, 집안 분위기도 밝아졌어.
며칠 전에 용기를 내어 아빠에게 오빠를 집으로 데려오자고
말씀드렸더니 허락해 주셨어. 그러니까 이젠 오빠도 잘해야 돼."

"오, 그래? 정말 잘됐구나!"

두 사람은 서로 부둥켜안고 기뻐하다가 방을 나갔어요.

그때 복도에서 교장 선생님이 스크루지를 불렀어요.

교장 선생님은 그들 남매를 자신의 방으로 데려가 따뜻한 차와
과자를 내주었어요.

그사이 마부는 짐을 마차에 싣고 단단히 비끄러맸어요.

이윽고 작별할 때가 되자, 스크루지 남매는 교장 선생님께 감사의
인사를 하고 마차에 올라탔어요.

마차는 펄펄 날리는 눈길을 뚫고 쏜살같이 내달렸어요.

유령이 말했어요.

"저 소녀는 몸이 약했는데 마음씨가 무척 예뻤어!"

"그, 그랬지요. 정말 착한 애였지요."

스크루지의 목소리는 약간 떨렸어요.

"그런데 어른이 되어 결혼한 후 얼마 안 가 죽었지?
사내아이를 하나 낳고 말이야. 그 사내아이가 자네 조카지?"

스크루지는 부끄러운 듯이 얼굴을 붉혔어요.

"예, 프레드지요. 조카에게 잘못한 게 많아요."

31

알고말고요.
여기서 일한 적도
있는걸요.

두 사람이 시골 학교에서 등을 돌리자, 대도시의 번화한 네거리가
펼쳐졌어요. 짐수레와 마차가 앞다투어 달렸으며, 불빛이
휘황찬란하게 밝혀진 거리에는 사람들이 넘쳐났어요.
크리스마스이브의 밤이었어요.
유령은 스크루지를 이끌고 어느 상점 앞에 발걸음을 멈추었어요.

"이곳을 아는가?"

스크루지는 상점을 올려다보더니 대답했어요.

"알고말고요. 여기서 일한 적도 있는걸요."

그들은 상점 안으로 들어갔어요.

털모자를 쓴 노인이 자기 키만큼 높은 책상에 앉아 있었어요.

스크루지는 깜짝 놀랐어요.

"저 양반은 내가 모시던 페치위그 영감님이잖아!"

노인은 껄껄 웃더니 우렁찬 목소리로 바깥을 향해 소리쳤어요.

"이봐, 얼른 들어오란 말이야."

그러자 바깥에서 두 명의 젊은이가 뛰어왔는데, 한 사람은 스크루지,

다른 사람은 그와 함께 일하던 친구였어요.

노인은 즐거운 얼굴로 책상 위에서 뛰어내리며 말했어요.

"자, 크리스마스이브를 그냥 보낼 수는 없지 않나?

얼른 가게 문을 닫고 멋진 파티를 벌이세!"

두 젊은이는 가게 문을 닫고 바닥을 닦은 다음 난로에 불을

지폈어요. 순식간에 밝고 따뜻한 무도회장이 생겼지요.

잠시 후, 바이올린을 든 악사가 음악을 연주했어요.

그 음악을 배경으로 페치위그 부인이 세 딸과 함께

등장했어요.

그 뒤로 노인의 세 딸을 사랑하는 여섯 명의

젊은이가 나타났고, 페치위그 집안에서

일하는 젊은 남녀들이 모여들었어요.

실내는 금세 사람들로 가득 찼어요.

모두들 흥겨운 표정이었고, 저마다 즐겁게 춤을 추었지요.

맛있는 음식과 술도 푸짐하게 나왔어요.

분위기가 무르익자 페치위그 부부도 한바탕 춤을 추었어요.

흥겨운 파티는 밤 11시가 되어서야 끝났어요.

페치위그 부부는 돌아가는 사람들과 일일이 악수를 하며

"메리 크리스마스!" 하고 인사를 건넸어요.

사람들이 모두 떠나자, 그들 부부는 스크루지에게도

인사를 건네고 집으로 들어갔어요.

가게에는 두 젊은이만 남았어요.

그들은 실내를 정리한 다음 계산대 옆에 있는

침대로 들어갔어요.

두 젊은이는 페치위그 노인을 입에 침이 마르도록 칭찬했어요.
그때까지 잠자코 지켜보던 유령이 불쑥 말했어요.
"어떤가? 좀 시시하지?"
"시시하다뇨?"
"그렇지 않은가? 그 노인은 파티를 위해 기껏해야 돈을 조금 썼을
뿐인데 저런 칭찬을 받을 자격이 있을까?"
"그건 돈으로만 따질 일이 아닌걸요. 영감님은 우리에게 행복을
느끼게 해 주셨어요. 그 행복감은 재산 못지않게 소중한 것이지요."

스크루지는 문득 유령의 시선을 느끼고 입을 다물었어요.

"왜 그래? 무슨 말을 하려다가 만 것 같은데?"

유령이 다그치자, 스크루지는 겨우 입을 열었어요.

"사실은 제 사무원인 보브에게 너무했다는 생각이 들어서요.

좀 더 따뜻하게 대해 줄걸……."

유령은 스크루지의 팔을 잡으며 서둘렀어요.

"자, 시간이 얼마 없어. 얼른 다른 곳으로 가 보자."

이젠 나보다 더 소중한 것이 생겼으니 나는 필요 없잖아요?

그게 무슨 소리요? 나에게 당신보다 더 소중한 것이 있다니?

장면이 바뀌어, 이번에는 스크루지가 어떤 아름다운 아가씨 옆에
앉아 있었어요. 그는 예전보다 훨씬 욕심이 많아 보였고, 무언가
초조한 기색이 묻어났어요.

젊은 아가씨가 먼저 입을 열었어요.

"당신은 변했어요. 이젠 나보다 더 소중한 것이 생겼으니 나는 필요
없잖아요?"

"그게 무슨 소리요? 나에게 당신보다 더 소중한 것이 있다니?"

"그걸 몰라서 하는 말이에요? 당신은 나보다 돈을 더 사랑하잖아요.
나는 가난하지만 마음씨 착했던 예전의 당신이 좋았어요.
우리가 오래전에 약혼한 사이가 아니라면 당신이 나와 결혼하기를
원할까요? 당신이 돈 한 푼 없는 나를 선택할 리가 없어요."

"무, 무슨 말을 그렇게……."

"당신 마음속을 들여다보세요. 거기에는 내가 아니라 돈이 들어앉아
있을 거예요. 슬프지만 할 수 없어요. 약혼을 취소해 드리죠.
당신이 선택한 인생이 부디 행복하길 바랄게요."

아가씨가 떠나자, 스크루지는 멍하니 그녀의 뒷모습만 바라보았어요.

스크루지는 유령에게 애원했어요.

"제발, 이제 더는 보고 싶지 않습니다."

하지만 유령은 고개를 저었어요.

"마지막으로 하나 더 보여 줄 게 있다."

유령이 스크루지를 잡아끌자, 어느새 다른 장면이 펼쳐졌어요.

이번에는 평범해 보이지만 온기가 가득한 어느 집의 거실이었어요.

벽난로 옆에서 두 여자가 다정하게 이야기를 나누고,
그 주변에서 여러 아이들이 장난을 치며 재잘거렸어요.
스크루지는 난로 옆에 앉은 여자를 바라보다가 깜짝 놀랐어요.
조금 전에 헤어졌던 아가씨가 어느새 부인이 되어 자기 딸과
이야기를 나누고 있었던 거예요.

호호호,
그랬구나. 무척
재미있었겠는걸.

장난 아니었어요.
엄마도 보셨으면
배꼽 잡았을
거예요.

실내는 아이들이 노느라고 아수라장이 되었지만
아무도 야단치지 않았어요.
어머니와 딸은 무엇이 그렇게 재미있는지
이따금 고개를 젖히고 깔깔거렸어요.
그때 현관문을 두드리는 소리가 났어요.
아이들이 한꺼번에 현관 쪽으로 우르르
몰려갔어요. 집주인 남자가 선물을 한
아름 안고 들어서자, 모두들 환성을
올리며 손뼉을 쳤어요.

야호,
선물이다.

나도
줘요.

이윽고 밤이 깊어지자 거실에 주인 부부만 남았어요.

남편이 아내에게 조용히 말했어요.

"여보, 오늘 낮에 당신의 옛 친구를 보았소."

아내는 남편을 다정하게 바라보며 물었어요.

"음, 당신 표정을 보니 스크루지를 본 모양이군요. 그렇죠?"

"하하, 맞았소. 우연히 그의 사무실 앞을 지나다가 창문으로 언뜻
보았는데, 아주 쓸쓸한 모습이었지. 소문을 들으니 동업자인
말리마저 병들어 곧 죽을 것 같다고 하더군."

스크루지는 머리를 쥐어뜯으며 소리쳤어요.

"그만, 그만! 이제 그만 보고 싶어요!"

유령은 스크루지를 차갑게 바라보았어요.

"날 원망할 건 없어. 이게 지금까지 당신이 살아온 모습이니까."

"싫어, 저리 가! 날 제발 다른 곳으로 데려가 달라고!"

스크루지는 유령에게 덤벼들었어요.

그러나 유령은 손에 잡히지 않았어요.

스크루지는 발버둥치다가 힘이 빠져 그만 쓰러졌어요.

얼마 후, 그가 다시 눈을 떴을 때는 자기 방에 돌아와 있었어요.

그는 침대에 눕자마자
바로 잠들었어요.

스크루지 곁에
남은 거라곤
돈밖에 없군.

현재의 크리스마스 유령

스크루지가 다시 눈을 떴을 때는 새벽 1시가 가까웠어요.

두 번째 유령이 나타날 시간이었지요.

그는 이제 유령을 무서워하기보다 기다리는 마음이 되었어요.

시계가 새벽 1시를 치는 순간, 알 수 없는 빛이 침대로 흘러들었어요.

스크루지는 그 빛을 따라갔어요.

빛은 옆방에서 새어 나왔어요.

스크루지는 손에 힘을 주어 문을 열었어요.

그때 참으로 놀라운 광경이 펼쳐졌어요.

벽과 천장이 온통 푸른 나뭇잎으로 뒤덮여 마치 숲 속에 들어온 것
같은 착각이 들었지요.

난로에는 새빨간 불이 활활 타오르고, 방 안 가득 온갖 맛있는 음식과
과일이 넘쳐났어요. 칠면조, 거위, 닭, 돼지고기, 쇠고기, 소시지,
포도, 사과, 귤, 배 등이 식탁에 산더미처럼 쌓여 있었지요.

그곳에 위엄 있고 쾌활해 보이는 거인이 있었어요.

두 번째 유령은 횃불을 들고 있다가, 스크루지가 나타나자 그의 앞을
비추며 말했어요.

"나는 현재의 크리스마스 유령이다. 나를 똑바로 쳐다봐!"

스크루지는 떨리는 마음으로 유령을 바라보았어요.

유령은 괴상한 옷차림을 하고 있었어요. 맨발에 흰 털로 테를 두른
초록 외투를 걸쳤는데, 옷이 헐렁해서 가슴이 다 드러났지요.
게다가 화관을 쓰고 있었는데 곱슬머리가 제멋대로 흘러내렸으며,
허리에는 칼도 없는 녹슨 칼집을 차고 있었어요.
스크루지가 유령에게 말을 걸었어요.
"어디든 저를 데려가 주세요. 어젯밤에는 억지로 끌려 다녔지만,
지금 생각해 보면 많은 것을 배웠습니다. 오늘도 제게 교훈이 될 만한
곳으로 데려가 주십시오."
유령은 벌떡 일어나며 말했어요.
"내 옷을 꽉 붙잡아!"
그 순간, 그들은 크리스마스 아침의 풍경이 펼쳐지는 어느
길가에 서 있었어요.

사람들은 밤새 내린 눈을 치우느라 바삐 움직였어요.

지붕에 쌓였던 눈이 길바닥으로 떨어지며 눈보라를 일으키자

아이들이 손뼉을 쳤어요.

교회의 종소리는 사방에서 울려 퍼졌고, 성경책을 들고 서둘러

교회로 걸어가는 사람들도 보였지요.

유령은 스크루지를 데리고 조용한 골목길로 들어섰어요.

그들이 도착한 곳은 스크루지의 사무원으로 일하는 보브 크래치트의

집이었어요.

보브의 아내는 낡았지만 깨끗한 옷차림을 하고 둘째 딸의 도움을

받으며 식사 준비를 하고 있었어요. 그 옆에서 큰아들

피터가 감자가 익었는지 보려고, 냄비 뚜껑을

열고 포크로 찔러 보았어요.

그때 여자 아이와 남자 아이가 소란을 피우며 뛰어 들어왔어요.

"엄마, 엄마! 거위 굽는 냄새가 골목까지 풍겨요."

"우리 집에서 굽는 거 맞죠?"

꼬마 아이들은 거위가 맛있게 익어 가는 것을 보고 나서 식탁 주위를 돌면서 장난을 쳤어요.

보브의 아내는 이맛살을 찌푸리며 중얼거렸어요.

"아빠는 어떻게 된 건지 모르겠구나. 벌써 돌아올 시간이 지났는데. 오늘따라 네 언니 마사도 늦고."

그녀의 말이 끝나기도 전에 한 아가씨가 들어오면서 소리쳤어요.

"엄마! 사랑하는 큰딸 마사가 왔어요. 음식 장만하시느라 힘드셨죠?"

"오, 어서 오렴!"

보브의 아내는 일터에서 돌아온 딸의 뺨에 입을 맞추었어요.

그때 보브가 돌아오는 소리가 났어요.

"누나, 아빠가 왔어. 얼른 숨어!"

꼬마 아이들은 장난을 치느라 마사와 함께 안 보이는 곳에 숨었어요.

보브는 막내아들을 목말을 태우고 들어왔어요.

막내아들은 놀다가 다쳤는지 두 다리에 깁스를 하고 있었어요.

보브는 집 안으로 들어서자 두리번거리며 물었어요.

"우리 마사는 어디 있소?"

아내가 대답했어요.

"아직 안 왔어요."

"크리스마스 날에도 이렇게 늦나?"

그때 큰딸 마사가 살금살금 등 뒤로 다가와 보브를 끌어안았어요.

"아빠! 감쪽같이 속았죠?"

"이런, 또 당했군! 하하하!"

보브는 큰딸을 껴안으며 웃음을 터뜨렸어요.

식사 준비가 끝나자, 가족들은 식탁에 빙 둘러앉았어요.

"자, 모두들 크리스마스를 축하한다. 새해에도 부디 좋은 일만

있기를……."

보브의 말에 저마다 크리스마스를 축하하는 말을 한마디씩 했어요.

마지막으로 보브의 아내가 마무리를 지었어요.

"하느님, 우리 가족 모두에게 축복을 내려 주십시오, 아멘!"

이윽고 식사를 끝낸 가족들은 난롯가에 모여 앉았어요.

보브의 아내는 과일주를 따라 보브와 큰딸에게 한 잔씩 주고,

자기도 한 잔 따라 놓고 말했어요.

"여보, 축배를 들어요."

그때 보브의 입에서 뜻밖의 말이 흘러나왔어요.

"스크루지 씨의 건강을 위하여!"

"아니, 여보! 나는 그 사람이 여기 있다면 욕이나 실컷 해 주겠어요.

그 사람은 욕이라도 공짜라면 더 받으려고 할 거예요."

"여보, 애들도 있는데……. 더구나 오늘은 크리스마스잖소!"

"아무리 크리스마스라고 해도 그 노인네를 위해 축배를 들고 싶지는

않아요. 인정머리 없고 고집불통인……."

보브는 아내를 부드럽게 타일렀어요.

"여보, 오늘은 크리스마스라니까."

그제야 보브의 아내는 마지못해 잔을 들면서 말했어요.

"좋아요. 그렇다면 나도 스크루지 씨의 건강을 위해 축배를
들게요."

스크루지는 괴로운 듯 고개를 돌렸어요.

유령은 그의 팔을 잡고 장소를 옮겼어요.

어둠이 짙은 거리에 함박눈이 펄펄 내리고
있었어요.

유령이 스크루지를 안내한 곳은 조카 프레드의
집이었어요.

프레드의 가족 말고도 그의 친구와 친척들이 스무 명 남짓 모여
있었어요.

프레드가 입을 열었어요.

"외삼촌은 크리스마스가 시시하다고 하셨어. 정말 불쌍한 분이지!"

프레드의 아내가 말했어요.

"세상에! 정말 부끄러운 일이에요, 프레드!"

프레드의 아내는 아름다웠어요. 움푹 팬 보조개와 빨갛고 작은 입술,
어린아이 같은 명랑한 두 눈…….

"그분은 큰 부자죠?"

"부자면 뭘 하겠소? 아무리 돈이 많아도 쓰실 줄을 모르는걸.
남에게는 물론이고 자신을 위해서도 돈을 안 쓰시지."

"그분은 정말 정이 안 가요."

거실에 있던 사람들이 모두 고개를 끄덕였어요.

하지만 프레드는 고개를 저었어요.

"아냐, 그게 아니라고. 난 외삼촌이 불쌍해. 비뚤어진 성격 때문에
고통 받는 건 외삼촌 자신이지. 오늘만 해도 그래. 외삼촌을 우리
집에 초대했는데 안 오시잖아? 그 결과가 뭐지? 굉장한 만찬을
놓치셨다고는 할 수 없지만 혼자 쓸쓸한 크리스마스를 보내시는
거잖아."

"훌륭한 만찬을 놓치셨죠."

프레드의 아내 말에 주위에 있던 사람들이 모두 동의했어요.

프레드가 가볍게 웃고 난 뒤 말을 이었어요.

난 해마다
크리스마스가 되면
외삼촌을 초대할
작정이야.

"어쨌든 내 말은 외삼촌이 그렇게 사시다가 친구 분들을 모두 잃을까
봐 걱정이야. 난 외삼촌이 오시든 안 오시든 해마다 크리스마스가
되면 외삼촌을 초대할 작정이야. 그러다 보면 언젠가 한 번은
오시겠지."
이윽고 사람들은 포도주를 마시고 노래를 불렀어요.
프레드는 한 사람 한 사람에게 일일이 신경을 쓰며 그들을 즐겁게 해
주려 애썼어요. 어찌나 즐겁고 재미있게 노는지 구경하던
스크루지조차 시간 가는 줄 몰랐지요.
    "이봐, 돌아갈 시간이 되었어."
        유령이 팔을 잡아끌자 스크루지가 간절한
            눈빛으로 부탁했어요.
            "지금 막 새로운 놀이가 시작되었어요.
            이것만 보고 갈 테니 30분만 시간을
            더 주세요."

새로 시작한 놀이는 스무고개였어요.

프레드가 주인공이 되어 먼저 입을 열었어요.

"음, 내가 무엇을 생각하는지 알아맞혀 보세요.

힌트는 동물입니다!"

둘러앉은 사람들이 돌아가면서 한마디씩 질문했어요.

"귀여운 동물입니까?"

"아니오. 불쾌하고 사나운 동물이죠."

"런던에 있습니까?"

"그렇습니다."

"동물원에 있습니까?"

"아닙니다."

"걸어 다닙니까?"

"그렇습니다."

"말입니까?"

"아닙니다."

"곰입니까?"

"아닙니다."

"돼지입니까?"

"조금 비슷해요."

"말을 할 줄 압니까?"

그 대목에서 프레드는 더듬거렸어요.

"그, 그렇습니다."

우아, 멋진 크리스마스트리다! 선물도 아주 많네.

"그렇다면 사람이군요?"

"사, 사람입니다."

"돼지와 비슷한 사람이라면 욕심꾸러기지요?"

"그렇지요."

그와 동시에 프레드의 처제가 정답을 말했어요.

"아, 알았다! 스크루지 아저씨, 맞죠?"

프레드는 졌다는 듯 두 손을 내저으며

요란하게 웃음을 터뜨렸어요.

"맞았어, 하하하!"

사람들이 박수를 치자 프레드가 말했어요.

"외삼촌 덕분에 즐겁게 놀았어. 그러니

외삼촌을 위해 축배를 들지 않을 수

없지. 자, 모두들 스크루지 외삼촌을

위해 건배!"

다른 사람들도 일제히 잔을 들며

소리쳤어요.

"스크루지 외삼촌을 위하여!"

그 광경을 지켜보던 스크루지는

어깨를 들썩거렸어요.

사람들의 보살핌을 받는다는

것이 그렇게 즐거운 줄

예전에는 몰랐거든요.

그는 구경을 더 하고 싶었지만 유령이 재촉하여 그 자리를 떴어요.

유령과 스크루지는 그 후에도 여러 곳을 돌아다녔어요.

가난한 사람들의 집은 물론이고, 양로원, 고아원, 병원, 교도소 등

불행한 사람들이 모여 있는 곳에도 찾아갔어요.

그때마다 유령은 사람들을 축복해 주었어요.

그러면 가난한 사람들은 갑자기 마음이 넉넉해졌고, 아픈 사람들은

생기를 되찾았으며, 괴로운 사람들은 희망을 가졌답니다.

그 모든 것이 하룻밤 사이에 일어났어요.

그런데 한 가지 놀라운 일이 생겼어요.

스크루지의 얼굴은 그대로인데, 유령의 얼굴은 시간이 갈수록 눈에 띄게 늙어 간다는 것이었지요.

스크루지는 어느새 머리카락이 하얗게 센 유령에게 물었어요.

"유령님의 목숨은 그렇게 짧은가요?"

"이 세상에 나와 있는 동안은 굉장히 짧아. 오늘 밤 12시면 내 목숨도 끝이야. 그 시간이 가까워 오는군."

스크루지는 시계를 보았어요. 11시 45분이었어요.

그때 유령이 양 옷자락에서 두 명의 어린아이를 꺼냈어요.

불쌍하고 끔찍한 모습을 한 여자 아이와 남자 아이였어요.

"얘들이 누구죠? 유령님 아이들입니까?"

"인간의 자식들이야. 부모에게서 도망쳐 내게 왔지. 여자 아이는 '가난'이고, 남자 아이는 '무지'야. 당신은 이런 아이들에게 여태 관심도 없었지, 그렇지?"

스크루지는 얼굴을 붉히며 말했어요.

"이 아이들을 보호해 줄 곳은 없나요?"

"흥, 당신은 아직도 고아원을 생각하나 보군?"

그것은 기부금을 받으러 왔던 신사들을 내쫓은 스크루지를 나무라는 말이었어요.

그때 시계 종이 12시를 알렸어요.

그러자 유령은 흔적조차 없이 사라졌어요.

미래의 크리스마스 유령

12시를 알리는 마지막 종소리가 울렸을 때, 스크루지는 말리가 했던
말을 다시 한 번 떠올렸어요.

이제 세 번째 유령이 나타날 차례였어요.

스크루지가 고개를 들자 멀리서 유령이 천천히 다가왔어요.

유령은 머리에서 발끝까지 온통 검은 망토를 뒤집어쓰고 있었어요.

키가 크고 체격이 건장했는데, 그 신비로운 존재가 지닌 장엄함 탓에
경외심마저 생겼어요.

유령은 스크루지 앞에 와서도 아무 말이 없었어요.

"당신이 미래의 크리스마스 유령인가요?"

스크루지가 먼저 말을 걸자, 마치 고개를 끄덕여서 그런 것처럼 잠깐
동안 유령의 망토 윗부분에 주름이 잡혔어요.

"저는 지금까지 만난 어떤 유령보다도 당신이 두렵습니다.

하지만 올바른 가르침을 주시리라는 것을 알기에 기꺼이
따르겠습니다.

저는 새롭게 태어나고 싶어요. 그러니 잘 이끌어 주십시오."

유령은 말없이 손가락으로 앞을 가리켰어요.

스크루지는 유령의 손가락 끝을 바라보았어요.

그 순간, 그들은 어떤 낯선 풍경 속에 놓여 있었어요.

네댓 명의 사업가가 모여서 이야기를 나누고 있었어요.

"난 그가 죽었다는 것밖에 몰라요."

턱이 서너 겹으로 늘어진 뚱뚱한 남자가 말을 꺼내자 너도나도
한마디씩 끼어들었어요.

"언제 죽었대요?"

"어젯밤이라고 들었어요."

"그런데 왜 죽었대요? 그렇게 지독하게 구는 걸로
봐서 평생 죽을 것 같지 않더니……."

"사람 일이란 한 치 앞도 못 내다보죠."

"그 많은 재산은 어떻게 했을까?"

"내 생각에는 그 노인네가 소속된
조합에 넘긴 것 같아요.
나한테는 주지 않았으니
말이죠."

마지막 남자의 농담에
모두들 웃음을
터뜨렸어요.

난 그가
죽었다는
것밖에 몰라요.

언제
죽었대요?

"그렇게 인색하게 굴었으니 장례식에 참석할 사람도 별로 없겠죠?
우리가 같이 가 보는 게 어떨까요?"
"글쎄, 나는 점심이라도 준다면 모를까 그냥은 가기 싫은걸요."
그 말에 다시 한 번 웃음이 터졌어요.
"그래도 길거리에서 마주치면 눈인사라도 나눈 사이니, 다들
가시겠다면 나도 가겠소. 자, 그럼 다음에 또 봅시다."
그들은 뿔뿔이 흩어졌어요. 스크루지가 잘 아는 사람들이었지요.
스크루지는 그들이 누구 이야기를 하는지 궁금했어요.
하지만 유령은 설명도 없이 다른 곳으로 움직였어요.
유령은 성큼성큼 걸어가더니 마주 선 두 신사를 가리켰어요.
스크루지는 그들도 잘 알았어요. 상당히 돈이 많은 사업가들이라,
그들에게 좋은 평판을 얻으려고 애를 썼으니까요.
"그런데 그 구두쇠 영감이 죽었다면서요?"
"그렇다는군요. 이렇게 추운 날씨에……."
"글쎄 말이에요. 그런데 요즘은 스케이트를 안 타시나 봐요?"
"예, 다른 운동을 하려고요. 그럼 다음에 또 봅시다."
그들이 만나서 나눈 이야기는 이것뿐이었어요.
스크루지는 도대체 왜 연거푸 이런 장면을 보여 주는지 궁금했어요.
'말리의 죽음과 관계 있는 것일까?'
그러나 스크루지는 곧 고개를 저었어요.
말리는 벌써 오래전에 죽었는데, 지금은 미래의 일이니까요.
'그렇다면 누가 죽었다는 걸까?'

그사이 유령은 스크루지를 다른 곳에 옮겨다 놓았어요.

도시 변두리의 좁고 지저분한 골목이었지요.

역겨운 냄새가 풍기고, 쓰레기들로 넘쳐나는 그 골목은 한마디로
범죄자의 소굴 같은 기분 나쁘고 무시무시한 곳이었어요.

유령은 골목 끝에 보이는 낡은 가게를 가리켰어요.

그곳은 고철, 빈 병, 넝마, 폐품 따위를 사들이는 고물상이었어요.

가게 마루 위에도 녹슨 열쇠, 못, 쇠사슬, 저울 등 온갖 고철들이
산더미처럼 쌓여 있었어요.

벽돌로 만든 낡은 난로 곁에는 일흔쯤 되어 보이는 백발 노인이
고철에 둘러싸여 있었어요.

그는 느긋하게 파이프 담배를 피워 물었어요.

그때 한 여자가 큰 보따리를 짊어지고 가게로 들어섰고, 이어 또 한
여자가 비슷한 보따리를 메고 들어왔어요.
그 뒤로 빛바랜 검정 옷을 입은 남자가 들어왔어요.
세 사람은 서로 얼굴을 쳐다보다가 깜짝 놀랐어요.
그런데 담배를 피우던 노인은 웃음을 터뜨렸어요.
"하하하, 이럴 수가!"
맨 처음 들어온 여자가 입을 열었어요.
"날품팔이인 내가 제일 먼저 왔구먼! 다음은 세탁소 아주머니,
그다음은 장의사 아저씨……. 서로 약속이나 한 듯이 말이야."
노인이 파이프를 빼면서 말을 받았어요.
"다들 잘 만났어. 처음 오는 것도 아니고, 서로 모르는
사이도 아닌데 말이야. 나는 얼른 가게 문을 닫겠소."
세 사람은 노인의 방으로 들어갔어요. 말이 방이지, 넝마 조각들로
간신히 바람만 막은 조그마한 공간이었어요.
날품팔이 여자가 먼저 의자에 앉으며 말했어요.
"신경 쓸 것 없어요. 그까짓 주인 없는 물건,
먼저 차지하는 사람이 임자 아니에요?"
세탁소 아주머니가 맞장구를 쳤어요.
"그렇고말고요. 욕심 많기로 따지면
죽은 그 영감만 한 사람도 없죠."
노인이 세 사람을 둘러보며
말했어요.

이 보따리에
먹을 게 들었나?
무척 궁금한걸.

"자, 그렇게 겁에 질릴 것 없다고. 죽은 영감한테는 친구나 이웃도
없었으니까 아무 걱정 말게."
날품팔이 여자가 말을 받았어요.
"맞아요! 이런 물건 한두 가지 없어졌다고 표나 나겠어요?"
세탁소 아주머니는 고개를 끄덕였어요.
"물론이죠. 더군다나 주인은 죽고 없는데요, 뭘."

날품팔이 여자는 아예 죽은 사람을 욕하기 시작했어요.

"흥! 그 지독한 영감은 죽어서 가져갈 것도 아니면서 왜 그렇게 긁어모으기만 했는지, 원. 결국 한 푼도 못 써 본 채 갈걸."

"거참, 말 한 번 시원하게 잘했어요. 천벌을 받은 거죠."

"흥! 천벌을 받으려면 더 끔찍한 벌을 받았어야 하는데…….
영감님, 어서 보따리를 풀어 보고 값이나 매겨 줘요."

검정 옷을 입은 남자가 먼저 자기가 훔쳐 온 물건을 꺼내 보였어요.
물건이라고 해야 고작 도장 두 개, 연필꽂이 한 개, 커프스 단추 한 쌍, 싸구려 브로치 한 개가 전부였지요.

노인은 분필로 물건 값의 합계를 낸 뒤 말했어요.

"6펜스. 그 이상은 하늘이 두 쪽 나도 줄 수가 없어! 자, 다음……."

다음은 세탁소 아주머니가 보따리를 풀어 헤쳤어요.

보따리 안에는 침대 시트, 옷 몇 벌, 낡은 은 찻숟가락 두 개, 각설탕 집게 한 개, 장화 서너 켤레가 전부였지요.

노인은 아까처럼 값을 매긴 다음 말했어요.

"당신 물건 값은 이거야. 난 여자들에게는 값을 너무 잘 쳐 주는 게 탈이라니까. 그래서 늘 손해만 보지. 다음은……."

이번에는 날품팔이 여자 차례였어요.

노인이 검은 천으로 둘둘 만 물건을 꺼냈어요.

"이게 도대체 뭐야? 침대 커튼이잖아? 설마 그 영감이 누워 있는 자리에서 떼어 온 건 아니겠지?"

"왜 아니겠어요? 뭐, 어때요? 시체가 그까짓 걸 알기나 하나요?"

"호, 당신은 돈 되는 물건을 빼어 오는 데는 타고난 소질을 지녔어!
틀림없이 부자가 될 거야."

"마음만 먹으면 뭐든 가져오는데, 그 영감 때문에 포기할 순 없죠."

"그렇다면, 이 담요는 죽은 영감의 것이겠군? 영감이 전염병에
걸려서 죽은 게 아니었으면 좋겠는데."

"그런 걱정은 말아요. 그 와이셔츠는 새 옷이나 마찬가지예요.
그 영감의 옷 중에서 가장 비싼 물건이란 말이에요. 자칫하면 땅속에
그대로 묻혀 버릴 뻔했지만……."

"묻혀 버리다니? 그게 무슨 소리요?"

"아, 글쎄, 어떤 멍청한 놈이 영감한테 그 와이셔츠를 입혔지 뭐예요.
다행히 내가 발견하고 벗겼으니 망정이지……."

스크루지가 보기에 그들은 역겨운 악귀 같았어요.

이윽고 노인은 세 사람에게 물건 값을 치러 주었어요.

날품팔이 여자는 만족한 얼굴로 깔깔거리며 입을 열었어요.

"그 영감은 살아서는 우리를 근처에도 얼씬 못하게 하더니,
죽어서야 약간의 도움을 주는군요. 호호호!"

스크루지는 고개를 돌리고 부들부들 떨었어요.

"이, 이제 알겠어요. 어쩌면 제가 저들이 말하는 영감과 같은 신세가
될지도 모른다는 걸 보여 주려고 이리 데려온 거죠? 아, 정말
끔찍해요. 다시는 보고 싶지 않아요."

그때 갑자기 장면이 바뀌어, 스크루지는 어두운 방에 와 있었어요.
침대에 검은 천이 덮인 시체가 놓여 있었어요.

하지만 시체를 지키는 사람도, 우는 사람도 없었어요.

유령은 말없이 손가락으로 시체의 머리 쪽을 가리켰어요.

스크루지는 유령 앞에 무릎을 꿇고 빌었어요.

"여긴 정말 소름 끼칩니다. 제발 저를 다른 곳으로 데려가 주십시오."

그러나 유령은 여전히 시체의 머리 쪽을 가리켰지요.

스크루지는 엉엉 소리 내어 울었어요.

"흑흑, 저 검은 천을 들추고 누구의 시체인지 확인해 보란 말이지요?
압니다. 하지만 도저히 용기가 안 나요. 제발 다른 곳으로……"

그제야 유령은 고개를 돌려 스크루지를 바라보았어요.

스크루지는 용기를 내어 부탁했어요.

"이 도시에서 이 사람의 죽음을 슬퍼하는 사람이 있다면 그
사람을 보여 주십시오. 이런 장면은 더는 못 보겠습니다."

다시 태어난 스크루지

메리
크리스마스!

유령은 망토 자락을 날개처럼 펼쳤다가
다시 걷어 들였어요.
그러자 새로운 세계가 나타났어요.
그곳은 부인과 아이들이 있는 대낮처럼 밝고
따뜻한 방이었어요.
부인은 누군가를 기다리는 것 같았어요.
방 안을 서성거리며 작은 소리에도 깜짝 놀라 문
쪽을 바라보았지요.
마침내 문을 두드리는 소리가 들리고, 한 남자가
안으로 들어왔어요. 그녀의 남편이었어요.
남편은 부인이 차려 놓은 식탁에 앉아 저녁을 먹었어요.
부인이 남편 곁으로 다가가 앉더니 조용히 물었어요.
"여보, 일은 어떻게 되었어요? 혹시 잘못되기라도 한 건가요?"
"잘 안 됐어."
순간, 부인의 얼굴은 울상이 되었어요.
"그럼 우리는 완전히 망했군요."
"그건 아니야. 아직 희망은 있어."
"그 사람이 마음을 바꾸면 몰라도 무슨 희망이 있어요?"
"그 사람이 죽었으니까……. 내가 갔을 때는 벌써 죽었어."

69

부인의 얼굴이 환해졌다가 금세 원래의 표정으로 되돌아왔어요.
"그럼 우리가 진 빚은 누구한테 갚지요?"
"아마 그 사람의 상속인한테 갚아야겠지. 하지만 앞으로 얼마간
시간이 있어. 그때까지 돈을 마련할 수 있을 거야."
그 사람이 누군지는 몰라도 아무튼 한 사람의 죽음이 이 가족에게는
무척 다행스러운 일이었어요.
스크루지는 고개를 저었어요.
"이건 아닙니다. 한 사람의 죽음을 진심으로 슬퍼하는 장면은
없나요? 제발 그런 장면을 좀 보여 주십시오."
유령은 스크루지를 낯익은 거리로 데려갔어요.
그들이 도착한 곳은 보브의 집이었어요.
집 안은 쥐 죽은 듯 고요했어요.
전에는 야단법석을 피우던 꼬마들도 오늘은 얌전히 앉아 있었어요.
보브의 아내는 바느질을 하다가 손을 얼굴에 갖다 대었어요.

촛불 아래서
보니까 눈이
짓무르는구나.

70

"아, 이 검은색 때문에 눈이 아프구나."

딸이 안타까워하자, 보브의 아내가 말했어요.

"이젠 좀 나아졌다. 촛불 아래서 보니까 눈이 짓무르나 봐.
아빠가 많이 늦으시는구나. 오실 때가 지났는데……."

보브의 아내는 다시 얼굴에 손을 대며 떨리는 목소리로 말했어요.

"아빠가 막내를 목말을 태우고 들어오시던 모습이 눈에
선하구나. 참 착한 애였는데……."

그때 보브가 애써 웃으며 들어왔어요.

보브의 아내가 얼른 물었어요.

"여보, 막내 일은 잘 되었어요?"

"응, 당신도 함께 갈 걸 그랬어. 묘지가 어찌나 푸른지…….
앞으로 자주 가면 되지. 일요일마다 온 가족이……."

보브는 말끝을 못 맺고 2층으로 올라갔어요.

아직 크리스마스 장식이 그대로 있는 작은 방에 막내아들이 죽은 채
누워 있었어요. 온 가족이 슬픔에 젖은 것도 그 때문이었지요.

보브는 자는 듯이 누워 있는 막내아들에게 입을 맞추었어요.

그러고는 밝은 표정을 지으며 아래층으로 내려왔어요.

보브는 아내에게 다가가 조용히 입을 열었어요.

"우연히 스크루지 씨의 조카 프레드를 만났어. 겨우 한두 번 봤는데
반갑게 인사를 하더군. 나도 반가워서 우리 사정을 얘기했더니
자기가 도움이 될 만한 일이 있으면 언제든지 연락하라더군."

"참 친절한 분이군요."

"그래. 어쩌면 그 사람이 피터에게 일자리를 구해 줄지도 몰라."

"그래요? 어머, 피터는 좋겠구나!"

보브는 빙그레 웃으며 아이들에게 말했어요.

"너희들이 자라서 장가가고 시집간다 해도 결코 막내를 잊어서는 안 된다. 알았지?"

아이들은 한목소리로 "예!" 하고 대답했어요.

보브에게 아내가 입을 맞추자, 아이들도 몰려와서 입을 맞추었어요.

"오, 그래야지. 나는 정말 마음이 뿌듯하다, 뿌듯해!"

스크루지는 미래의 크리스마스 유령에게 말했어요.

"어쩐지 우리가 헤어질 시간이 가까워졌다는 느낌이 드는군요. 아까 침대에서 본 시체가 누구인지 이제 말씀해 주십시오."

유령은 여전히 말이 없었어요.

그 대신 스크루지를 상인들이 모여 있던 거리로 데려갔어요.

유령이 성큼성큼 앞서 걷자, 스크루지가 말했어요.

"잠깐만! 이 길에는 제 사무실도 있습니다. 미래에 제가 사는 모습을 보여 줄 수 없겠습니까?"

유령은 고개를 끄덕이면서 손가락으로 한 곳을 가리켰어요.

"제 사무실은 그쪽 방향이 아닙니다. 저쪽이라고요."

스크루지는 사무실 쪽으로 걸어가 창문을 들여다보았어요.

그런데 그곳은 스크루지의 사무실이 아니었어요.

가구도 다르고, 의자에 앉아서 일하는 사람도 그가 아니었지요.

스크루지는 다시 유령이 있는 곳으로 돌아왔어요.

유령은 스크루지를 데리고 어느 철문 앞에 이르렀어요.

스크루지는 철문 안으로 들어가기 전에 주위를 둘러보았어요.

그곳은 놀랍게도 잡초가 무성한 공동묘지였어요!

유령이 한 무덤을 가리키자 스크루지가 애원하듯 말했어요.

"그전에 한 가지만 대답해 주세요. 이 모든 것들이 미래에 반드시

일어나는 일인지, 아니면 일어날 수도 있는 일인지 말입니다."

유령은 여전히 무덤을 가리킬 뿐이었어요.

스크루지는 다시 한 번 애원했어요.

"사람이 정해진 길을 간다면 미래의 종착점도 그대로겠지요.

하지만 그 길을 벗어나서 다른 길로 가면 종착점도 달라지겠지요?

제게 이것저것 보여 준 건 그런 뜻이었다고 대답해 주세요."

하지만 유령은 꼼짝하지 않았어요.

스크루지는 벌벌 떨면서 무덤 쪽으로 갔어요.

무덤의 비석을 보는 순간, 스크루지는 그 자리에 얼어붙었어요.

비석에는 또렷이 '에비니저 스크루지의 묘'라고 씌어 있었어요.

스크루지는 무릎을 꿇고 외쳤어요.

"그렇다면 침대에 있던 그 시체가 바로 저란 말입니까?"

유령은 스크루지를 보더니 다시 무덤을 가리켰어요.

스크루지는 유령의 옷자락을 붙잡고 소리쳤어요.

"안 돼요, 안 돼! 저는 예전의 제가 아닙니다. 달라질

기회조차 안 줄 거면 왜 저에게 수많은 장면을 보여

주었단 말입니까?"

스크루지가
정말 착하게
살 수 있을까?

무덤을 가리키던 유령의 손이 약간 흔들렸어요.

스크루지는 더욱 유령을 졸랐어요.

"앞으로 마음을 고쳐먹고 새 출발을 한다면 제 미래도
바꿀 수 있다고 한 말씀만 해 주세요!"

유령의 손이 크게 떨렸어요.

"이제는 진심으로 크리스마스를 축복하고,
또 일 년 내내 그런 마음으로 살겠어요.
제발 저 비석에 새겨진 글자가 지워질 수
있다고 말해 주세요."

스크루지는 있는 힘을 다해 유령의
손을 움켜잡았어요. 그러나 유령은
거칠게 그 손을 뿌리쳤어요.

스크루지는 기도를 하려고 두 손을
모았어요.

그때 유령의 망토가 차츰 사그라지더니
평범한 침대 다리로 변했어요.

방도 침대도 모두 스크루지의 것
그대로였지요.

스크루지는 감사의 말을
했어요.

"휴, 다행이다! 나에게는 아직도
미래의 시간이 남아 있어. 오, 말리!

무릎 꿇고 하느님과 크리스마스에 진심으로 감사드린다네!"

스크루지는 기뻐서 웃다가 울다가 다시 웃었어요.

"오, 난 깃털처럼 가볍고 천사처럼 행복하며 어린아이처럼 즐겁도다!
이런, 술에 취한 것처럼 온 세상이 빙글빙글 도는군.
메리 크리스마스! 온 세상 사람들, 새해를 축하해요."

스크루지는 춤을 추듯 깡충깡충 뛰며 거실로 나갔어요.

그때 마침 온 세상의 종이 한꺼번에 울리는 것처럼 요란한
종소리가 울려 퍼졌어요.

"뎅뎅뎅…… 뎅뎅뎅…… 뎅뎅뎅……."

멋지고 아름다운 종소리였어요!

스크루지는 창문을 열고 고개를 쑥 내밀었어요.

새날의 새로운 태양이 온 누리를 환하게 비추고 있었어요.

스크루지는 지나가는 소년에게 소리쳐 물었어요.

"애야, 오늘이 며칠이니?"

소년은 손을 흔들며 말했어요.

"오늘이 크리스마스잖아요."

"뭐라고? 그렇다면 그 모든 일이 하룻밤 사이에 일어났단 말인가?
오, 놀라워라!"

스크루지는 다시 소년을 불렀어요.

"애야, 내 부탁 좀 들어 다오. 길 건너편 골목에 있는 칠면조 가게에
가서 가장 큰 칠면조를 이리 갖다 달란다고 말해 줄래?
배달할 곳을 일러 준다고. 그러면 내가 심부름 값을 주마."

칠면조가 아주 멋지게 생겼는걸.

칠면조는 크리스마스의 대표적인 요릿감이야.

소년이 달려가는 모습을 보면서 스크루지는 혼잣말을 했어요.

"칠면조를 보브에게 보내야지! 누가 보냈는지 알리지 않고 말이야."

잠시 후, 스크루지는 싱글벙글 웃으면서 칠면조 값과 마차 삯을

치르고 칠면조를 보브네 집으로 보냈어요.

그리고 소년에게 심부름 값을 주었지요.

스크루지는 면도를 하고 멋진 외출복으로 갈아입고 거리로 나갔어요.

거리는 사람들로 붐볐어요.

스크루지는 지나가는 사람들에게 미소를 보내며 천천히 걸었어요.

그러자 몇몇은 그에게 인사를 건넸지요.

얼마 안 가서 스크루지는 풍채 좋은 한 신사를 보았어요.

스크루지에게 기부금을 요청했던 사람이었지요.

스크루지는 그 신사의 손을 덥석 잡았어요.

"메리 크리스마스! 어제는 실례가 많았어요. 저, 기부금 말인데……

지금 해도 늦지 않겠죠?"

"아, 예, 물론이죠."

스크루지가 신사의 귀에 대고 속삭이자 신사는 깜짝 놀랐어요.

"오! 그렇게 많은 기부금을 내주신다니, 감사드립니다."

스크루지는 교회에 들렀다가 오후에 프레드의 집을 찾아갔어요.

프레드는 스크루지를 보고 그 자리에 우뚝 섰어요.

"세상에! 이런 일이……."

"저녁 먹으러 왔다. 들어가도 되겠지?"

프레드의 아내는 물론 온 집안 사람들이 그를 반갑게 맞았어요.

다음 날, 스크루지는 아침 일찍 사무실에 나갔어요.

보브를 놀려 주려는 것이었지요.

이윽고 보브가 출근하자 스크루지는 호통을 쳤어요.

"이봐! 지금 시간이 몇 시야?"

"죄송합니다. 좀 늦었어요."

"좀 늦었다고? 그렇지, 좀 늦었지. 이리 가까이 와 봐."

"용서해 주세요. 일 년에 딱 한 번 늦은걸요."

"좋아! 용서하지. 그래서 말인데, 자네의 봉급을 올려 줄까 하네."

"네?"

"뭘 그렇게 놀라나? 크리스마스도 지났으니 새로운 마음으로
일해야지. 자, 난로에 불을 활활 피우라고."

스크루지는 완전히 다른 사람이 되었어요.

그는 이제 런던, 아니 이 세상 어느 도시에 있는 착한 사람에게도
뒤지지 않는 착한 친구, 착한 주인, 착한 사람이 되었답니다.

찰스 디킨스는 누구?

찰스 디킨스의 가족.

찰스 디킨스의 생가.

💜 구두약 공장에서 일한 어린 시절

찰스 디킨스는 1812년 영국 포츠머스에서 태어났어요. 그의 아버지는 사치와 낭비가 심해 집안 경제가 파탄에 이르렀어요. 장남이었던 디킨스는 구두약 공장에 나가 일을 했어요. 초등학교 수준의 교육밖에 받지 못한 디킨스는 그 뒤 변호사 사무실의 사무원, 속기사 등으로 일하다가 1834년부터 2년 동안 정치 신문의 기자로 근무했어요. 이 무렵 연극에 매력을 느꼈으나 마음을 고쳐먹고 잡지와 신문에 단편 소설과 수필들을 써 보내기 시작했어요.

💜 영국을 대표하는 국민 작가

1836년 발표한 〈피크위크 클럽의 기록〉이라는 소설이 빛 날 만에 폭발적인 인기를 얻으면서 디킨스는 최고 인기 작가가 되었어요. 디킨스는 신문사 일을 그만두고 오로지 글 쓰는 일만 했어요. 그 후 〈올리버 트위스트〉, 〈데이비드 코퍼필드〉, 〈두 도시 이야기〉, 〈위대한 유산〉 등을 잇달아 발표하면서 크게 성공을 거두었습니다.

〈크리스마스 캐럴〉은 1843년 12월 17일, 크리스마스를 앞두고 발표한 작품으로, 세상에 소개되자마자 전 세계 독자들의 갈채를 받았어요. 그는 여러 편의 뛰어난 작품으로 영국 문학사에 찬란한 업적을 남겼는데, 그중 영국 국민에게 가장 큰 사랑과 찬사를 받은 작품이 바로 〈크리스마스 캐럴〉이랍니다.

찰스 디킨스가 어린 시절을 보낸 로체스터에 있는 성당.

〈크리스마스 캐럴〉 쏙쏙 알아보기

♥ 줄거리

스크루지는 돈밖에 모르는 구두쇠 영감이에요. 크리스마스를 맞았는데도 보브가 쉬는 것조차 아까워하지요. 그날 밤, 스크루지 앞에 말리의 유령이 나타나요. 말리는 앞으로 세 유령이 나타날 것이라고 알려 주고 사라지지요.

첫 번째로 '과거의 크리스마스 유령'이 나타납니다. 그 유령은 어린 시절과 청년 시절로 스크루지를 데려가요. 두 번째로 '현재의 크리스마스 유령'이 등장해요. 이 유령은 보브와 조카 프레드의 집 안 풍경을 보여 주지요. 세 번째 나타난 '미래의 크리스마스 유령'은 스크루지가 죽었을 때의 광경을 보여 줍니다.

이튿날, 크리스마스 아침에 스크루지는 완전히 새 사람이 됩니다. 칠면조를 보브의 집으로 보내고, 어려운 이웃들을 위해 기부하고, 프레드의 집을 찾아가지요. 이제 스크루지는 세상 어느 누구보다 착한 사람이 된답니다.

찰스 디킨스 원작의 〈크리스마스 캐럴〉 뮤지컬 공연 모습.

♥ 권선징악을 주제로 삼은 소설

〈크리스마스 캐럴〉은 작가의 재치와 유머가 돋보여 부자는 가난한 자를 보살펴야 한다는 진리가 자연스럽게 공감을 불러일으켜요. 착한 일을 권장하고 악한 일을 징계하는 권선징악을 주제로 삼은 소설은 우리의 고전에서도 찾아볼 수 있어요. 〈심청전〉, 〈흥부전〉과 같은 소설들이지요. 이러한 소설들은 교훈도 교훈이지만, 이야기가 재미있어서 깊은 감동을 선사합니다.